국외자들

**문예중앙시선11**

국외자들

초판발행일 | 2006년 2월 28일

지은이 | 여태천
발행인 | 김원태
편집인 | 김우연
책임 편집 | 김민정 백다흠
사진 | 이병률
디자인 | 이은주(02-735-1206)
출력 | 트리콤
인쇄소 | 정화인쇄
주소 | 서울시 중구 정동 34-5 배재빌딩 B동 6층 (주)랜덤하우스중앙
홈페이지 | www.randombooks.co.kr
편집부 | (02)3705-0186  fax | (02)3705-0112

ISBN 89-5986-464-1(03810)

값 6,000원

여태천
시집

# 국외자들

랜덤하우스중앙
RANDOM HOUSE JOONGANG

시인의 말

오랫동안 말들은

그 누구에게도 환영받지 못했다.

찬사와 영광은

항상 멀리 있거나

우연히 뒤에서 오는 법.

너무 앞서 걸어본 적도

자살을 꿈꿔보지도 못한 나는

다만 저 불확실한 생의 순간들을

기록했을 뿐이다.

이제 운명에 대하여,

믿음이 만드는 헛것들 앞에

내내 피로했던 나는

홀연히 자유로워질 수 있겠다.

2006년 봄
여태천

| 차례 |


● 제1부

● 제4부

제 **1** 부

# 루시

당신이 처음으로 서쪽 하늘을 쳐다보았을 때
그 아래 어디선가 나는 유리 넥타이를 매고
조용히 앉아 책을 읽고 있었을 것인데, 당신은
어떻게 그 작은 몸을 일으킬 수 있었는지
낯선 얼굴을 보고 놀란
당신의 눈은 무슨 색이었을까
흑백으로도 뚜렷이 빛나는

죽지 않은 꽃들은 쉬지 않고 빨리 자라
하늘의 별에 닿았지, 책에 그렇게 적혀 있어도
나는 어둡고 검은 눈으로 한 자씩 손을 짚어가며
새끼를 낳는다는 해변의 나무와 죽은쥐나무와
날카로운 발톱의 짐승들
있지도 않은 이름을 소리내어 천천히 읽고
또 읽고 있을지도

나무를 타고 올라 하늘의 별자리가 된 원숭이

번쩍이는 산과 북쪽으로 흐르는 검은 강처럼 아름다운
처음으로 당신이 이름을 얻었을 때
밤하늘의 빛나는 다이아몬드
저 하늘엔 지금 전등을 켜고
자전거가 마구 달리고 있는데

나는 지금 도시의 어두운 구릉에서
보이지 않는 머나먼 적색 별의 끝을 바라보네
너무 멀어 별의 말을 들을 수 없는
텅 빈 저 하늘을 가로지르는 비행선
꽁무니를 따라 인공의 구름이 흐르고
그 아래로 천천히 열을 지어 지나가는 사람들
끝없이 이어지며 바뀌는 표정들, 아이들, 우는
그 틈에서 나도 무릎을 펴고
한 번도 걸어본 적 없는 땅 위를 걷고 있을 거야

복숭아 향기 나는 오렌지색 이층버스를 타고

인공의 구릉과 호수를 건너

당신이 거닐었던 검은 땅으로

비행기, 버스, 밤하늘, 다이아몬드

내 입 안에서 굴러다니는 이 새로운 단어들의 감촉을

어떻게 전해줄 수 있을까

루시, 내 말을 듣지 못하는

---

* 루시는 도널드 요한슨이 1974년 11월 30일 아프리카 하다르의 아와시 강가에서 발견한 인류 최초의 여인이다. 발견 당시 「Lucy in the Sky with Diamonds」라는 비틀스의 노래가 흘렀고, 그는 화석의 이름을 '루시'라고 지었다. 루시의 화석은 320만년 전에 살았던 오스트랄로피테쿠스 아파렌시스로 25세의 여성이며, 키는 약 107센티미터, 몸무게는 28킬로그램 정도였다.

# 저녁의 외출

불안이 하루 종일 버스를 타고 다니다 집 앞에 도착한다 묻어온 서늘한 바람이 고요한 우리 집을 흔든다

나보다 먼저 도착한 아내의 더러운 발이 나를 피곤하게 하고 언제 터질지 모르는 불안에 싹이 나고 잎이 나고 주렁주렁 열매가 열린다

아내는 아무렇지도 않게 내가 사온 불안에 밥을 싸서 저녁을 먹는다 새까만 불안의 씨들 때문에 아내와 나는 벌써 배가 부르다

아무 말도 하지 않는 아내는 집을 나서자 뒤도 돌아보지 않고 걷는다 나는 지도를 펴고 오래 걸어 발목이 굵어진 여자를 찾아 외출을 시작한다

늦은 전보처럼 불안은 매일 찾아오고 종교가 있어도 우리 집은 불안하다

# 제목 없는 책

거리는 텅 비어 있었는데

나는 거리를 헤매고 다니다

사야 할 책을 못 사고

모르겠다고 막차를 타고 집으로

오는 길에 비에 젖은 그를 만났다네

나는 그를 정중히 집 안으로 모셨는데

그러니까, 조용한 방 안에서

들리지 않는 빗소리처럼

그가 천천히 나를 불렀을 때가 막

자정을 넘어서고 있었는지

몇 마디 부서지는 말을 그에게 건네고

몇 줄의 글을 받아 적을 때

욕망의 불빛은 사그라지고 있었는지

그의 실눈이 빛나고 있었는지

확실치 않아

흩어지는 빗방울 소리가 들릴 때

그는 자리를 털고 일어섰고 그러니까

조용한 방에서 그가 떠나가자
무거운 그림자들, 두꺼운 책의 활자들이
나를 노려보았을 뿐 식었던 내
마음의 물이 다시 끓기 시작했다는 사실을
그러니까, 애써 믿지 않으려고
어디 얼어붙은 강가에라도 나가
벌겋게 달아오른 볼을 식혀야 했는데
비는 계속 내리고 있었지만
마음에 불씨 하나 피우지 못했네

# 섀도라이팅

적을 노려보면 손목에 잔뜩

힘이 들어간다 어깨에 힘을 빼고

가볍게 풋워크를 해보지만 오늘 아침

책상 위에 팽개쳐둔 생각이 떠나질 않는다

모든 것을 비우면 그래도 보이는 것이 있다는 말은

거짓말이었다

작년까지만 해도 이런 생각들은

금세 상해 냄새를 풍겼다

슬그머니 검은 비닐봉지에 담아 버리면 그만이었다

오해는 그 다음이다

링 위에선 아무 생각도 하지 마

상대만 보란 말이야

고등학교 때 체육선생은 스트레이트만 가르쳤다

한때 미들급 동양 챔피언이었던 그는

술도 아닌 그림자와 스파링하다

녹다운됐다

빈주먹을 날리며 그가 내뱉은 정직한 말들을

오래 기억했다가 연애편지에 쓴 적이 있다

그때나 지금이나 스텝이 꼬이기는 마찬가지다

그때부터 나는 한쪽으로만 돌았고

2라운드가 끝나기 전에 카운터펀치를 맞았다

링 위에 누워 있으면 머리 위로

끝없이 쏟아지는 별들 때문에 눈이 부셨지만

눈이 부어오르면 달이 퍼져 보인다는 사실을 알았다

오늘 밤 구름 뒤의 저 달은 반쯤 찰 것이다

그것은 진실이다

만월까지는 한참을 더 기다려야 한다

그것은 모르는 일이다

스파링을 하는 동안 응답은 없었다

# 펀치 드렁크

비틀거리는 당신의 일그러진 입과 눈

경기는 이제 막 3라운드를 넘어서고 있는데

너무 일찍 취해버린 거야

무슨 말을 하려는지 마우스피스를 물고 있는 입에서

흘러나오는 어눌한 말들

어, 어, 조금씩 새어나오는 무의식

펀치가 머리를 강타할 때마다

모든 견고한 것들은 아주 조금씩

흔들리지

그러다 금이 가고 쥐도 새도 모르게

팍삭 부서져버리는 이상한 삶의 형식처럼

지금, 링 밖에는 개구리들이 울고

자리를 옮겨다니는 저 여자는 어디다 전화를 하는 것일
까

완벽하게 자신을 방어하는 자들은

언제나 똑같은 자세와 각도로

잽을 날리지

그들은 죽었다 깨어나도 모르는 사실

왜 펀치를 날리는지

관중들이 왜 저렇게 개구리처럼 환호하는지

죽는 날까지 알 수 없겠지

벌처럼 펀치를 날리던 챔피언이

1분 동안 타월을 뒤집어쓰고 무슨 생각을 하는지

어쩌면 죽는 날까지 알 수 없을 거야

멈출 줄 모르는 스프린터처럼

숨도 쉬지 않고 허공에다 펀치를 날리는 이유를

왜 두들겨 맞아야 개운해지는지를

죽어도 알 수 없을 거야

# 포스트센티멘털리즘

현관 입구에 어지럽게 뒹굴고 있는 신발들

집 안에만 처박혀 있었는데 어디서 난 걸까

소금에 절어 하얘진 샌들

흙이 잔뜩 묻은 축구화는 두 번 정도 신었을까

한쪽만 닳아버린 구두를 들추니

숨어 있던 머리카락이 보인다

삶의 부록을 쓸어 담으며

앨범을 들추고 편지를 읽는 건

오래된 습성 때문이다

쓸고 닦고 검은 비닐봉지에 담아 쓰레기통에 버려도

누군가는 반드시 그것을 찾을 것이다

손목시계 때문에 읽지도 않을 전집을 산 적이 있다

시간은 부록으로 딸려오지 않았지만

지하철에서 2만 원에 구입한

추억의 베스트 100곡, 팝과 재즈와 블루스를

단일한 목소리로 소화해내는 경지에 홀려

햇살 반 근이 눈과 함께 무너지던 봄을

무사히 보낼 수 있었다

기억이 안 나던 꽃 이름을 찾다가 발견한

빳빳한 만 원권 한 장 때문이 아니라

그것으로 자장면을 두 그릇이나 먹어서가 아니라

요 며칠 사이 반복해서 편지를 읽고

반복해서 음악을 들어도

공복감을 심하게 느꼈던 것은

온몸으로 따뜻한 기운마저 퍼졌던 것은

아무리 생각해도 청소 때문이다

# 우리의 발목을 잡는 비가 내리고

쿽 오토바이가 고인 빗물을 튀기고 지나갈 때

빗방울의 어둠 속으로 문득

하루가 투명하게 정지해버린다면

사람들은 버스를 타고 서소문을 지나

쌍문동으로 가던 귀가를 그만두고

고양이는 고양이를 그만두고 그 대신에

광고판이 광고판을 그만두고

불쑥 말을 하겠지

영광의 불을 밝힌 가게들이 신부처럼 조용하다면

방전된 버스는 뒤뚱거리며 같은 소리를 반복하고

거리의 여자들은 밀랍으로 입을 봉하고

웃음 따위 짓지 않고

골목에선 열두 명의 아이들이

한 놈만 죽어라 두들겨 패고

맞는 놈은 찍소리 한번 못하고

아버지, 한번 불러보지 못하고 지금까지

광장에서 피켓을 들고 있던 억센 팔뚝의 주인들은

붕어처럼 입만 벙긋거리겠지

사람들은 영문도 모른 채 벨을 누르고

문은 열리지도 않고

어서 빨리 이곳을 벗어나려고

비번인 총알택시를 타고

뒤도 돌아보지 않고 달리더라도

시계를 벗어나 망우리로 아니면

행주산성으로 가더라도

졸음처럼 지겨운 비가 내리지

우리의 발목을 잡는 비가

# 아이들과 고양이와 열두 마리의 새

가벼운 걸음으로 밤의 공기를 흔드는 건

바람도 아닌 고양이

바람인 듯 낮밤을 가리지 않는 아이들이

전세 오토바이에 가득

사과와 설탕을 싣고서

가스와 신문을 싣고서

손가락을 길게 세운다

이들을 흔드는 건 바람

오직 순수한 번개

생각 없이 그들을 따라 달리는 건

거리의 집 잃은 고양이와

도로의 무수히 많은 차들

그리고 바람의 자식들이

소음처럼 붕, 붕 지나간다

아무것도 아닌 바람이 불었지만

손을 놓친 아이들은 방향을 잃었고

신호를 보지 못한 아이들의 눈은

통통거리며 골목길을 굴러갔다
아주 잠깐 사이에
가죽 부대에 빵빵하게 가스를 넣은
열두 마리의 새가
바람에 몸을 얹고 달렸지만
아이들과 고양이는 돌아오지 않았다

# 책을 읽는 일

급하게 꺾어지는 도로를 채 못 따라가는 그대의 느린 시선이 비명횡사(非命橫死)를 부를지도 모르는 밤입니다

놀라지 마세요 주위가 파랗게 보이는 까닭은 멀리서 밤을 밝히는 공장의 불빛 때문은 아닙니다 어느 영혼이 이 도로에서 아직 떠나지 못하고 있기 때문이라고, 이 길의 입구나 출구에서 파는 책에 적혀 있습니다

실감하지 못하겠지만, 왼쪽에 가로로 길게 누워 있는 큰 무덤의 주인은 죽어서도 사람 여럿 잡아먹었습니다 오른쪽을 보세요 함께 죽은 처녀의 시퍼런 눈이 빨갛게 변했습니다

조심하세요 가까이에서 길을 안내하고 있는 것들은 끝에 가면 늘 딴소리를 한답니다 믿을 건 속력입니다만, 지금은, 무덤의 주인에게 바칠 술을 조금씩 나눠주세요 얼마 가지 않아 14번 도로를 만날 겁니다 누구든 그림자를

너무 오래 밟고 있다 보면 발에 쥐가 날 수도 있습니다

　사람들은 건성으로 저를 읽는 편이죠 서운하지는 않습
니다 어디에나 마지막 구원은 있는 법이니까요

# 면과 면 사이에 일어난 일

언제까지 쳐다만 보고 있을 거니
흥건하게 고인 침을 보며 그가 중얼거렸다

번진 활자와 활자 사이
그가 힘들게 페이지를 넘긴다

내리던 비가 그쳤다
때를 놓치지 않고
햇볕을 쬐기 위해 베란다에 쪼그리고 앉아
빈 화분에 물을 주고 있다
언제 그쳤을까
나가는 걸 보지 못했는데

면과 면 사이에 일어난 일들은 여전히 기록되지 않았다

그사이 머리를 풀고 마음을 돌린
여자가 베란다 아래로

두꺼운 표지의 책을 펼쳐 흔들었다

35면과 36면 사이에서
사라졌던 그가 피를 흘리며 떨어진다
제목과 페이지만 남았다

# 경야(經夜)

물의 동쪽 100km↑ 꿈무니마다 한 자루씩 소음을 달고 텅 텅, 거리며 차들은 달리다 아주 느리게 저 안개와 암흑의 지대로 스며들 것이다

개벽을 꿈꾸며 사람들이 찾아올 때마다 암흑천지의 세상은 늘 그들의 두 눈을 의심케 했으니 오늘도 몇 명은 안개의 숲을 따라 여기로 온다

양편에서 환하게 불 밝히고 서 있는 화귀(花鬼)의 행렬에 놀라 눈 감지 마라 무심결에 내뱉는 누군가의 말을 듣고 꽃들이 미친 듯 달려드는 창문을 연다면 화염(火焰)이 당신을 삼킬지도 모른다

꽃들이 불처럼 솟구쳐도 이곳은 너무나 조용한 곳, 제발 너무 많은 것을 상상하지는 마라

안개의 숲을 지나 길을 따라 90km➡로 천천히 가다 보

면 꽃은 흔적도 없이 사라질 것이다 그저 조용히 창문을
닫고 눈처럼 흩어지는 꽃귀신의 일생을 지켜보라


　이곳에서 밤을 지샌 사람들은 아무도 없다 희미하게 사
라지는 것들은 오래 기억되지 않는다

# 그대는 오늘도 안녕한가

몇 명의 아이들이 어제처럼
몸보다 길어진 그림자를 밟으며 지나간다
아이들의 길어진 머리끝에서
어둠은 시작된다
한 걸음 물러서서 저녁을 기다리는
그대의 작은 집 아직도 캄캄한
창문은 내 그림의 배경이다
11월의 거리에서
오들오들 떨며 안녕하시냐고
그대의 안부를 묻는다
그림 속의 그대도 그런가
수직의 언덕길을 오후의 햇살이 넘어설 때까지
헐거운 내 그림의 구도는 여전히 그대로다
무거워진 저녁의 나뭇잎들이
그대의 등 뒤로 떨어진다
쫓기듯 낙엽의 무게를 빨갛게 그려 넣으며
이건 연습이야, 라고 중얼거린다

그림자가 희미해진 길 위로

툭 툭, 소리를 내며 떨어지는 시간들

그 뒤로 점차 한쪽으로

그대는 한쪽으로만 기울어질 것이다

기이하게 늘어진 그림 속으로

저녁이 벌써 반 넘게 옮겨지고 있다

그대는 여전히 안녕한가

# 그대를 찾아가는 어느 여행

마주 앉아 있는 그대가 흔들리는 창밖을 바라볼 때, 나는 보지 않는 6월 14일자 일간신문을 접고 보이지 않는 역사(驛舍)를 생각한다

바람에 턱없이 부풀려 흩어지는 긴 머리털과 6월의 냄새가 충동적이라면

줄곧 앉아 있는 그대의 불안한 자세에 관심이 있었을 뿐이므로, 나는 그대가 왼쪽 다리를 꼬고 있거나 오른쪽 다리를 꼬고 앉아 있을 때도 불편하게 그대의 자세만을 생각한다

그대의 넓적다리에 얼마나 많은 피가 고였을까, 활처럼 휜 그대의 허리에 무리는 없는 것일까, 조금 전 다리를 바꾸었을 때 받았을 하중(荷重)에 대해

나는 지금 어떤 자세가 만드는 알 수 없는 사태를 생각

하는 것이다 나의 눈은 필요 없이 예민해서 열차가 벌써
어느 역(驛)에 도착했다는 사실을 확인했으므로


　그대의 꼬인 다리에 대한, 넓적다리에 쏠린 피에 대한,
그대의 허리에 대한 그리고 하중에 대한 관심을 6월 14일
자 신문지 사이에 고스란히 남겨두고 객실을 떠났다

# 만약, 걸어가는 그대는

— 그대가 무작정 이곳에 서 있다면,
  손에 땀이 나고 머잖아 등이 따가울지 모른다


그러므로

오후 4시에 귀를 막고 걸어가는

그대는 잠시

귀를 열어두어도 좋다

알 수 없는 거리의 음악이 그대의 작은 귀에 쏟아질 때

여기에는 비가 내리지 않으므로

내리는 비처럼 음악을 맞을 것이다


오후 4시에 눈을 감고 서 있는

그대는 이제

감았던 두 눈을 살며시 떠도 좋다

흔들리는 가로수와 가로수의 저 늙은 잎들이

숨죽이고 있는 오후를 모른 척

허물어도 좋다


어쩌다 그대가 이곳에서 길을 잃어도

행여 다시 오지 못하더라도

오후의 그림자는 오래 남아 있을 것이므로
귀를 막고 눈을 감은 그대는
지금 세상에 없는 도로를 걷고 있으므로
그 길 어디선가 음악처럼 비가 내려도
내리는 비를 맞으며 걸어도 괜찮은 것이다

제 2 부

# 쌍문안경점

눈 속으로 뚱뚱한 사람이
걸어서 들어오네
그 사람 둥근 얼굴을 비춰보네
배도 타지 않았는데
연못 위를 떠다니다니
한쪽 눈이 없는 나에게
그 사람 뭐가 보이냐고 묻기에
커다란 연못에 나비가 헤엄치고
듬성듬성 버들가지 치렁거린다고
산책 삼아 누군가 천천히 걷고 있다고
작은 소리로 말했지
세상은 낯설어서 바람은 불처럼 뜨겁고
버스가 날아가고 비행기가 요란을 떨고
여기저기 숫자가 거꾸로 서 있다고
모든 게 까맣다고
나는 불평했네
그 사람 벌써 귀가 어두운지

잔잔히 번지는 연못을 들여다보며 얼마 동안

흔들릴 거라고 짧게 말하네

말을 알아듣지 못하는 그 사람

내 눈 속에 무한히 열리는

소용돌이를 보았을까

지금 소나기 한차례 지나갔네

연못은 흙탕물이고

쌍문안경점 밖에는 비가 오고

여전히 한쪽 눈은 깜깜하네

# 낭만적 구도

민방위 사이렌이 울리고
도시는 약속대로 30년 만에
처음으로 조용해졌다

소란한 오후 2시 10분, 그녀는
얇을 대로 얇아진 얼굴을 찡그리며
청동의 건물을 빠져나왔다

뜨거운 바람이 검은색 주름치마를 흔들었다
가늘고 긴 흰 손에서
구겨진 종이 한 장이 떨어졌다

병원 건물을 천천히 돌아 나오며 웃고 있던 그녀
알약 먹은 마음이 흔들렸다
멀리서 빛의 길 위로 졸음이 몰려왔다

허기진 그림자는 육교를 지나 청계 6가

한적한 뒷골목으로 밀려와
입간판 위에 별처럼 불을 밝혔다


구닥다리 흑백텔레비전 채널을 돌리며
여름 저녁을 보낼 여자가
어둠 위로 걸어가고 있다

# 일몰

그 남자의 머리 뒤로 빨갛게
꽃이 피었다
남자가 머리를 숙이자 세상은 밝아졌고
환해진 얼굴로 그녀는
모래의 집을 허물고 있다

발가락 사이로 파고드는 모래가
자꾸만 간질이는지
그녀는 심하게 입을 벌리고 웃는다
깔깔거리는 동그란 입에서
시큼한 물비린내가 났다
빨간 꽃을 머리에 단 남자가
푸른 입 속으로
천천히 걸어들어간다

그녀의 몸 깊은 곳에서 붉은
꽃 한 송이 막 시들어갈 것이다

썩은 꽃들로 그녀의 몸은

지금 부화 중이다

그녀의 발가락에 모래가 몇 개 묻어 있다

# 너무 늦게 지나간

사진사는 안경을 조금 올리라고
포즈가 마음에 들지 않는다고 말했다

바람이 부는 어느 외진 포구에서
안경을 조금 올리고
자세를 다시 잡으면서 나는
하얗게 굳어갔다

눈이 포르말린처럼 내리고 있었다
쑥스럽고 두려워 눈을 끔뻑거리자
어두운 등을 지나
바다 속으로 해가 졌다

파래진 얼굴로 몇몇이 걸어들어갔고
몇몇은 녹는 눈과 함께 배경 뒤로 사라졌다
빛이 바늘처럼 몇 번 나를 찔렀다
사람들은 어디로 갔을까

바뀐 자세가 사진사의 마음에 들었을까

오랫동안 그들은 보이지 않았고
너무 늦게 바람이 지나갔다

# 바람을 상대하는 일

바람이 분다 아스팔트 위에 하얗게 눈칠을 하고 바람은 조금씩 또 다른 바람에게 자신을 숨긴다 파랗거나 노랗거나, 바람의 색은 무수하다 상계(上溪)에서 하계(下溪)로 서로를 지우거나 섞이면서 물은 흐르고, 버스는 하루 종일 같은 곳을 스쳐 지나간다

바람은 지나온 정류소와 이정표를 아무렇지도 않게 옮긴다 바람 속에는 어제의 바람이 있고, 당신의 눈을 아프게 하는 먼지가 있고, 버스 속에는 바람 든 무처럼 먼지를 묻히고 내가 맥없이 앉아 있다 사람들은 버스 안에서 아무렇게나 어울린다

버스를 막 올라탄 소녀의 귓가에 바람은 묻어다닌다 소녀의 저 환한 꽃다발 속에 바람의 씨앗이 있다 바람은 순간을 놓치지 않고 세상을 쓰다듬는 법을 알고 있다 차창에 남아 있는 바람의 문신들이 떠나는 이의 뒤숭숭한 마음을 전해준다 졸지 말라고

바람을 피하는 건 무모한 일이다 틈새로 불어온 녹색
바람에 놀라 벌떡 일어선 머리를 보니 당신도 바람이 들
었다 얌전히 바람의 세상을 빠져나갈 수 있다면, 하고 내
뱉는 당신의 입에도 소리를 내며 바람은 분다 바람이 눈
비를 몰고 월릉교를 지나면 새로운 바람의 지도가 만들어
질 것이다

# ROOM 504
―거울나라

이 방에는 거울이 있는 그림이 있고, 무너져 내리는 그림의 집에는 거울이 있다 거울은 언제나 안과 밖 사이에 있다 거울로 바람이 불어오고, 그림의 집에서 나누는 사람들의 이야기가 들린다 누군가 복도를 걸어다닐 때마다 느리게 음악이 흐르고

옆방에서 시끄러운 소리가 들리고, 3일째 계속 귀가 아프다 얼마 후 누군가 문 반대편에서 말했다 바깥이 궁금했으므로 창문을 열었다 커튼이 소리를 내며 요동쳤다 웅웅거리는 밖의 소리, 비가 왔다

복도에서 마주친 긴 머리의 그는 어서 떠나라는 말을 하고 사라졌다 나는 잠자코 짐을 쌌지만 출구를 몰랐다 허술한 창문을 비가 때리다 말다 계속했다 어딘가에 그는 아직도 있을 것이다 웅웅거리는 소리를 찾아서, 이 방 저방을 들락거리며 누가 숨었는지 알아볼 것이다

옆방에 누가 숨어 있는지, 무슨 소리가 들리는지 아무도 의심하지 않는다 누구도 들어올 수 없을 뿐 처음부터 이 방엔 고독이란 없다 방을 나갈 때에는 거울을 감추고 그림을 지워야 한다 누군가 이 방을 훔쳐갈지도 모른다

# 마음은 왼쪽으로 흘러내린다

바람 때문일까
바람은 불지도 않았는데 모든 게 한쪽으로만
쏠리고 있었다
때가 되면 바람이 불지 않아도
이 방의 공기들은 시간의 무게중심을 따라
한 곳으로 모여든다
해가 지고 방이 붉어지는 일처럼

무거워진 한쪽 어깨를 동쪽으로 조금씩 내리는
어디 먼 남미에서 왔을지 모를
하늘은 푸르고 구름이 하얀 그림
갑자기 마음을 들켜버린
그림의 안쪽이 궁금해지는 것은
바람의 탓이 아니다

비스듬히 몸을 기울여
기울어진 그림을 한참이나 들여다본다

왼쪽으로 흘러내리는 게 보였다

침묵으로 애써 버텨보는

그림의 안쪽

허물어지는 건 밖의 문제도

시간 때문도 아니다

안쪽에서 바람이 불고 있었다

# 장미빛 누드*

유감스럽게도 우리는 부끄러움이 없었다 아무렇지도 않게 누워 있는 푸른 여자의 눈에 붉게 달이 빛나는 오후 3시, 미장원에는 손님이 없었다

투사들은 애인의 누드 사진을 품고 아프가니스탄으로 떠났다고 흥분한 앵커가 말했다 기념사진 속의 눈 내리는 풍경과 투사들의 눈에 빛나는 눈물, 나는 졸렸다

여자는 세면기에 물을 받고 있었다 귓속으로 흘러들어 오는 지루한 손길, 용감한 우리의 투사들과 사랑하는 애인은 지금 어디에 있을까 여자는 노래를 불렀고, 나는 음탕하게 그림을 쳐다보았다

다리를 꼬고, 바람이 잔뜩 든 여자의 엉덩이를 물끄러미 지켜보았다 부끄러운 여자는 허둥거리며 다시 노래를 불렀다

흰 수건이 여기저기 날리고 누워 있는 여자가 나를 빤히 쳐다본다 머리가 마음에 들었다

* 마티스의 작품.

# 탈주

　사내가 막 큰길로 접어들었을 때 햇빛이 폭죽처럼 터지고 있었다 사내는 연신 손목시계를 보며 뛰어간다 떼를 지어 그를 쫓는 번호의 행렬 뒤에 요란한 만보성 오토바이가 달리고 영문도 모르는 동네 개들은 아무나 보고 짖었다

　심장 박동 소리에 맞춰 사내의 아랫배가 리드미컬하게 움직이고 땀에 젖은 옷 사이로 하얀 살결이 반짝였다 오일뱅크를 지나자 사내의 헤벌어진 입에서 침이 흘러나왔다

　모공을 타고 들어온 짜릿한 햇빛의 감촉, 몸 여기저기를 쓸어내리는 사내의 입가에 이상야릇한 충동의 냄새가 풍겼다 사내는 꿀꺽 침을 삼킨다

　사내는 햇빛을 놓치지 않으려 그늘을 피해 재빨리 걸음을 옮겼다 거리의 시민들은 그를 보고 환호작약(歡呼雀躍)했고 햇빛을 잔뜩 빨아먹은 사내의 몸은 여전히 빛났

다 그가 뿜어내는 냄새 때문에 거리의 꽃들은 철도 모르
고 재빨리 피었다 졌다

　도로를 가로질러 질주하던 사내가 갑자기 신발을 벗어
던졌다 가로수의 잎들이 도르르 말렸다 붉은 꽃잎 한 장
이 사내의 무표정한 얼굴을 스치고 지나자 너무 많이 달
렸다고 사내는 생각한다 시민들에 가려 사내가 보이지 않
았다 거리의 푸른빛이 사내를 삼킨 것이다

# 완벽하게 물리적인

문을 열었을 때, 그대는 놀랐을지도 모른다

어둠 속에서만 살아 있는 잡히지 않는 불빛은 눈을 감고 뜨는 순간에 사라진다는 사실을 아는 사람은 몇 안 되기 때문에

불빛이, 그대의 머리 위를, 무료의 시간을 날아서 외롭게 만들어내는

정확하게 고정되어 있는 평면 때문에 그대의 두 눈이 아프다면, 그대의 머리 위를 흐르는 가벼운 소리를 애써 붙잡을 필요는 없다

정말 재수 좋게 그대는, 다른 색깔의 소리가 들리기 시작한다는 완벽하게 물리적인 사실을, 아주 뒤늦게 깨달을지도 모르기 때문에

그러나 그때는

그대가 자세를 고치고 어딘가를 응시할 때

오늘 그대의 계산할 수 없는 시간이 어느새 어둠 속으로 사라지고 없다는 사실보다, 뭔가 서운할 그대는 그만 일어서야 할 것이다

# 실종

방금 지나간 4275호 구름을 바라본다
저건 1시 45분이야
소리나는 곳을 뒤돌아보았다
가방을 가슴에 품고 허리를 구부리고 앉아 있던 사람
안경 속의 눈은 작고 귀는 돌돌 말려
내가 건네는 인사말도 구애의 짧은 신호도
알아듣지 못한다

7월 18일 오후 2시를 만지작거리는데
구름 아래로 빛나는 빌딩이 흘렀다
이곳을 지나친다는 당신의 기별은
묵묵부답이다
별자리는 동쪽으로 제 위치를 바꾸었고
풍경과 기후가 느리게 변했을 뿐인데
당신이 바라보았을 눈부신 맨하늘을 올려다보는 순간
경적이 울리고 또 한 대의 구름이 지나갔다
번개를 타고 지나가는

저곳의 말을 나는 알아들을 수 없다

저건 1시 45분이지,
역무원을 따라 개찰구 쪽으로 걸어가는
오래전 한 사람의 애인과
그가 말없이 웃는 사이에
2시가 구름처럼 지나갔다
구름을 기다리다 타야 할 차편을 놓치는 사이에
일어난 일이다

# 5분 동안의 외출

두 손을 무릎 위에 포개고 앉아
정차를 기다리는 동안
아이들은 틀린 발음으로
소리내어 표지판을 읽었다
어른들은 아이보다 작은
역무원이 파는 커피를 사서 마시고
누군가는 벌써 짐을 챙겼다
반쯤 지워진 간판의 역명은
눈 때문인지 더 흐릿해졌다
그대가 적어준 겉봉의 글씨는 벌써 땀에 젖었는데
두꺼운 안경을 쓴 역무원이
당신을 데리고 어디론가 사라졌다
사람들은 신문을 사서
퍼즐을 풀거나 내일의 날씨와 운세를 점치고
어제의 사건을 확인할 것이다
이곳의 말을 알아듣지 못하는 나는
플랫폼 위를 쳐다보았을 뿐

당신이 꿈꾸는 외출을 알아채지 못하고

빨간 구름 의자 위에 앉아

5분 동안만 기다리기로 하였다

# 치명적인 부재

나는 이제 암흑의 허공에 앉아 당신을 본다
그것은 어쩌면 부재의 사태

총천연색이 단 하나의 점으로 사라지는 순간
흑백의 표면으로부터 길게 종적을 남기며 빛이 날아오
른다

당신을 둘러싸고 있는 소문의 꼬리가 불태환(不兌換)
기호처럼 여기저기 떠돌고
영원히 떠나지 못할 사태의 기억만이
당신의 귀환을 애타게 기다리는 시간

사각사각 소리내며 내 몸을 빠져나가는 에네르기
난 느리게 세상을 살아왔으므로
당신의 외출이 언제까지인지 모른다

돌아오지 않을 당신을 기다린 건

치명적인 실수였다

당신의 말을 간절히 믿었으므로

머지않아 나는 고독해질 테지만


정전(停電)의 순간

움직이는 것들을 위해

보이지 않는 것들을 위해

이 허공에서 허락받은 짧은 침묵을 위해

난 그저 맨얼굴로 당신 앞에 서 있다


조금씩 당신의 나라로부터 멀어지고

그때, 모든 장면들은

빛이 사라지는 것으로 완료될 것이다

# 체제 지향적인 얼굴

중년의 여자가
이쪽을 쳐다본다
플랫폼 뒤로 희미하게 그어진 선로가
흰색 테두리에 닿아 있다
이 안에서는 모든 게 단단하다


체제의 안과 밖을 드나드는 재빠른 몸놀림과
아주 잠시
그들이 보여주는 정지의 포즈
이럴 때 그들은 하늘에 꼼짝없이 붙어 있는 흰 구름이
거나
얼굴의 주름마저 단단한 석고상이다


그들이 난장(亂場)에서 주고받는 말은
여기서 들리지 않는다
바깥의 소란을 단단하게 묶을수록
안쪽은 조용히 식어간다

제 3 부

# 나무의 허물

나무 아래를 지날 때마다 나무는
꼭 한 뼘만큼 자랐다
나무의 부드러운 경계가 만드는 오후의 공터에서
아이들은 비석을 세우거나
서 있는 비석을 넘어뜨렸다
그때마다 나무의 여린 가지 끝을 흔드는
바람이 불었고
나무가 거느린 초록의 잎만큼
아이들의 땅은 넓어졌다 다시 줄어들었다
저녁의 여자들이 물뱀처럼
뒷문을 열고 나와 수군거릴 때
시끄럽게 소리를 내거나 잎을 물들이며
나무는 저녁의 이야기를
또 감추는 것이다
나무는 그렇게 저녁의 배후였다
아버지와 형제와 그리고 친구들이 모두
나무의 어둠 밑에서 무슨 짓을 했는지

나무는 짙은 녹음으로 제 얼굴을 가리고 서 있다
가지가 찢어진 나무 아래를 지나칠 때면
먼저 지나간 사람들의 얼굴을 닮은
잎들이 자꾸만 말을 건넨다

# 가계(家系) 밖에 있는 사람

19세기 인물 앞에서 모두들 머리를 숙였다
조모가 5백 환인가 주고 그렸다는
얇은 눈썹을 가진 그림 앞에서
우리는 참으로 경건했다
그러나 가계의 줄기나 뿌리에 대해
아무것도 모르는 어린 여자 조카와 같이
나는 가계 밖에 있는 사람일 뿐인데
밥 한술 물에 말아 제를 올린 게 전부였는데
갓 지었을 땐 익어가는 아픔을 견디며
서로가 서로를 꽉 붙들었을 밥알들이
아주 처음인 듯 서로를 등지고
흩어지는 것을 보았다
밥알들이 그릇 속에서 천천히 몸을 불리고
툇마루에 늘어섰던 열매들이
계보를 짜기 위해 하나 둘 떠나자
영정의 주인도 얼굴을 가렸다
앞으로 몇십 년 함께 살아야 할 사람들과

밤늦게 밥을 지어 먹으며
아내는 헛제삿밥의 밥알처럼 자꾸만 겉돌더니
밥알처럼 엉겨 그렇게 또 잠을 잔다
아무렇게 밥알이나 버리고 다녔을 나보다
아내가 더 끈적끈적해질까 두렵다

# 길

여름이 미끄러지듯 지나갔다
거짓말같이 너를 찾아가는
길 밖으로 비가 내리고
비린내를 풍기며 강물은
능선을 타고 넘어 자꾸만 산으로
흘러들어갔다
코스모스만 생각 없이 피었다 지는
길의 끝까지 강물이 밀려왔을 때
젖은 황토를 두 손으로 움켜쥐고
그녀는 마른 가지처럼 떨고 계셨다
생솔 가지 냄새나는 관(棺) 위에
색 바랜 네 사진들과 까칠한 흔적들 위로
이 세상에서 마지막 한 줌 흙
비처럼 투두둑
쏟아지기 시작했다
강물이 능선을 타고 넘어가는 소리가 들리고
하얀 적삼 뒤로 비린내가 쏟아졌다

저쪽으로 건너가는 강물 따라

배 한 척 내어 갈 수 없어

저무는 길 위에서

나는 하루를 묵었다

# 너무나 관념적인 사건

당신은 구체적으로 세상을 살았으니
이제 그 아버지의 이름으로
아버지를 지나 관념의
아버지에게로 가십시오

'천국행 테이프 2천 원', 옆에서
불빛에 점점 더 단단해져가던 당신의 얼굴

차갑게 굳은 당신의 허리는 더 이상 기댈 곳이 없어 이
제 콘크리트 바닥 위에서 일생의 잠을 편히 주무시는군요
그 바닥이 더 이상 굳지 않도록 제게 소금물을 뿌리게 하
시고, 두 손이 소금에 절어 썩지 않게 하시고, 저를 구체
적으로 증거하게 하시옵소서

어둠이 깊은 그곳에서 보았습니다 당신에게 지독한 관
념의 냄새가 난다는 것을, 그러니 철없는 제가 단돈 2천
원으로 당신과 함께 싸늘한 콘크리트 바닥에 누울 수 있

을까요

　부디 당신은 굽은 허리를 펴고
　암(癌)처럼 일어나 백주(白晝)의 이 단단한 거리를 걸어
가십시오
　하늘의 구름을 뜯어버리고
　썩어 가는 관념들에게 주사를 놓고
　죽음들을 움직이게 하십시오

　오늘도 수십 번이나 당신의 누추한 자리를 지나칩니다
　구름에 대해서나 자꾸만 굳어져가는 것에 대해서
　아는 척하는 것으로 아버지의
　그 나라로 갈 수 있을까요
　밤바다의 짠 냄새가 당신의 침대 밑으로
　조금씩 스며들고 있습니다

# 냄새에 관하여

주인도 없는 한적한 상가(喪家)에
누군가 피워놓은 향이 타고 있다
삶 저 너머에서 풍기는
어제의 그 사람이 잊고 두고 간 흔적
사람들은 하나같이 냄새를 피우며
서로에게 인사를 한다
어떤 냄새는 서둘러 자리를 빠져나와
집으로 가는 길까지만 배웅해주고
어떤 것들은 둥둥 떠다니며
아무에게나 달라붙는다
엘리베이터를 타고 집까지 따라와
떠나지 않는 녀석도 있다
페브리지를 뿌려도 사라지지 않고
눌러앉아 한 사흘 머물다 가는 놈은
나의 행적까지 읽었다
벗어둔 옷에서 기어나와
음식을 만들고 상을 차리더니

어제의 그 사람과 술을 마신다
집 안에 냄새가 고이지 않도록
더 높은 곳으로 이사를 갔지만
내려다보면 바닥에 가득 고인
아찔한 냄새들이 자꾸 나를 불렀다

# 월요시장

어제와 같이 오늘의 날씨를 생각하며
소리가 나는 곳을 바라본다
향료를 싣고 인공의 도시를 찾아다니는
푸른 눈의 낙타
길게 속눈썹을 늘어뜨린 채 걸어오고 있다
도시의 사막에서 발이라도 빠질까
조심조심 걷는다
되새김질을 하며 얇은 모래의 언덕을 오르는
낙타의 가쁜 숨소리 덜 덜 덜
오래된 아라비아의 음악이 들린다

전국적으로 황사가,
기상 캐스터의 또박또박한 음성이
모래의 귀를 밟고 지나갔다
단단하게 굳은 모래의 집들 사이에
사람들이 떼를 지어 웅성거린다
늙은 낙타의 등에서는 재빨리

지중해의 과일과 고랭지 채소가 내려지고
천막 안에는 남태평양의 비린내를 풍기며 생선이 쌓인다
풀 한 포기 없는 곳에 장이 선다

오늘은 비를,
며칠째 물과 먹이를 찾고 있는 원시인의 표정으로
창밖을 본다
영 글렀다
황사는 벌써 아파트 단지를 점령한 모양이다
혹시나 비라도 오면, 그래서
이 오랜 사막의 구릉을 내려갈 수 있다면
햇빛이 황사와 부딪혀 나는 소리가
들리다 말다 그랬다
움직일 때마다 바싹 마른 몸이
먼지를 피우며 스르르 흘러내렸다

# 불명확한 사실에 대한 기록

병원 하나와 산부인과 다사랑은 나란히 서 있습니다
명확한 사실 사이에 예식장이
마치 문처럼 서 있고
지금의 아내를 그 앞에서 만났습니다
지금이 10월이니, 내년 봄에나 다시 오세요
산부인과 회전문은 너무 빨리 돌고
영안실에는 조화가 입을 다문 채 시들고
예식장 앞에는 꽃잎이 웃고 있다
온종일 그것만 쳐다보고 있는 감시카메라는
지겹지도 않은지, 놀랍지요
색시는 이제 스물네 살입니다
두 번째 결혼이라는 사실을 모릅니다 짐작했겠지만
결혼의 문을 열고 들어가기가 무척 힘이 들었습니다
제기랄 지난밤 아버지께서 돌아가셨습니다
모르는 게 당연합니다
그는 문을 닫는 걸 꽤나 힘들어했습니다
일흔도 못 되어 소원성취하시고

문밖에서 우리를 노려보고 계시죠

아이요, 아직 멀었습니다 한오백년 살다 보면

무거운 저 문을 열고 들어올지

오다가 옆문으로 또 샐지

그렇게 문하에 들어가고 일가를 이루고

남몰래 여러 문을 열고 닫았어도

문의 밖과 안을 모릅니다

# 문밖에 서 있는 사람

두툼한 겉옷을 입고 그 사람은
낡은 구두를 끌고 왔다
할머니가 끓여주던 미역국 냄새를 풍기며
그 사람은 문을 두드렸고
우리는 별자리를 헤아리며
철없이 옛날이야기나 듣고 있었다
할머니 곁에서 하드를 빨면서도
문을 열어줄 수 없다는 사실이 무서웠다
목구멍까지 차오른 가래를 뱉으며
할머니는 이따금씩 길게
반짝이는 하늘을 쳐다보았고
문밖에서는 더 이상 기침 소리 들리지 않았다
문은 수없이 열렸다 닫혔다
우리는 잠을 잘 수 없었지만
어김없이 바람이 불었고
6월 하늘의 별이
지붕 위로 내리고 있었다

# 눈사람

눈을 맞으며 담배를 피우던
그가 잔뜩 웅크리더니
헤드라이트를 보고 놀란다

비둘기 한 마리 담뱃불에 놀라
잊고 있던 날개를 퍼덕거린다

뒤뚱거리는 비둘기처럼
중심을 너무 일찍 바꾼 마음이
지금 몸을 떠나는 중이다

한 덩이 꿈이 툭, 하고 굴러 떨어진다
그가 다시 천천히 머리를 굴린다
잡념이 잔뜩 묻었다

# 부고(訃告)

대문과 문설주 사이에
봉투 하나 매달려 있다
소식을 전해줄 친구도 없는데
누가 소인도 우표도 없이
이 저녁나절에 편지를 보냈을까
반으로 접힌 노란 봉투 위에
이름 석 자 적혀 있다
아직은 햇볕이 따가운데
멀리서 온 바람이 차갑게
내 등을 쓰다듬고
나는 말없이 호박꽃을 바라보며
서 있었다
저녁나절 내내
집 앞의 어둠을
호박꽃이 밝혀주었다

# 절망

말라 떨어진
줄사철나무 잎을
작은 새 한 마리가
밟고 지나간다
바스락,
조로(早老)한 나무의 비명 소리

도심의 숲에서 부는
8월의 뜨거운 바람은
내 질긴 피부를 뚫고 횡단한다

새는 바람을 타고
일찌감치 나무를 떠났는데
바스락 바스락
소리를 내며
근심이 자란다

# 낙관적인 빗방울

나무도 들도
얼마 전까지만 해도 하늘을 날았을 저 종이비행기도
모두가 비에 젖어
침묵으로 풍경의 일부가 기꺼이 되어주는 시간
그 회고적인 장마 풍경을 본다

풍경이 다른 풍경으로 먹물처럼 번져
어디까지인지 모르는 경계
밖에서 가만히 쭈그리고 앉아
나는 무슨
특별한 기별이라도 기다리고 있었던 것일까

순진하게 어떤 기별을 기다리다
토란잎 위를 통통 구르는
낙관적인 저 빗방울을 부러운 듯 오래 바라보기도 하고
그러다 또 적적한 마당 여기저기를
거닐어도 본다

문득 당도한 어떤

기별을 앞에 두고 어쩌지 못하는 사람처럼

아예 바지를 걷고서

집을 나와 우산도 없이 한참을 걸었다

무슨 유혹에라도 빠졌더라면,

그러나 나는 맨정신으로 한참을 더 걸어가

잠시 비 그친 가로등 아래서

젖은 두 손을 펴서 말리고 있었던 것이다

# 그날 내가 들은 노래

일부러 불을 *끄고*
그 사람의 얇은 가슴을 더듬었을 때
내가 만진 것은 아무것도 아닌
그냥 그대로의 맨살

침묵을 견디다 못한
날숨 하나가
그 사람의 몸을 들썩이며 힘겹게
빠져나오는 것을 보았을 뿐
얼마나 많은 것이 침묵의 뒤에 있었는지
차가운 손바닥은 어느새 뜨거워지고

주름진 그의 몸 저 안쪽에서
간신히 만져지는 딱딱한 숨결 하나
나는 가만히
그 오래된 노래를 혼자
듣고 있었던 것이다

맨살을 만지며

아무도 듣지 않는 노래를 조용히 따라 부르다

서둘러 그 자리를 빠져나왔지만

그날 내가 들은 노래가 어땠는지

아무 생각도 나지 않는다

# 다시 집을 짓는 일

시비(是非)가 되었던
고집불통의 집 한 채를 버리고
나무의 집을 짓는다

문(門)도 없이
멋대로 자란 놈으로 기둥을 세우고
허술하게 서까래를 걸쳐두는
새들이 둥지를 틀게
그냥 내버려두는

다시 집을 짓는 일은 그래서
가진 것 다 내어주고 허공에
빈손으로 녹음(綠陰)을 옮기는 일

눈비를 피할 생각도 없이
집을 짓는 일은
몇 장의 잎으로 지붕을 삼는 일

아무 생각 없이 손님을 맞는 일

때로 벼락 맞을 일이다

제 4 부

# 외도

봄볕이 좋아 묵은 빨래를 해서 널고
몰래 젖은 몸으로 집을 나섰다
환한 거리의 추억을 잠시 구경했을 뿐인데
바싹 몸을 말릴 생각은 없었는데
작정이나 한 듯 감정의 밑바닥까지
까맣게 태워버렸다
나를 받아주지 않는 거리에서
너무 머물렀던 탓일까
사람들의 손길이 스칠 때마다
아프게 잘려나가는 여린 나뭇가지에
누런 기억의 진물이 흘렀다
펑펑 하얗게 터지던 벚꽃 무더기
잎 다 떨어진 거리를
약기운으로 한정 없이 걷다가
가스불에 올려놓은 흰 빨래처럼
픽픽 소리를 내다가 벌떡 일어나
살아 있는 시인의 전집을 읽기도 하고

마르지도 않은 빨래를 걷어 개키며
한 10년 정신없이 그러고 살았다 싶었는데
베란다에 들이치는 빗소리에 잠을 깼을 때
서늘한 내 오랜 척추의 마디마디를
뭔가 훑고 지나가고 온몸이 따뜻해졌다
밤새 내 등을 어루만졌을 손을
살며시 밀치고 나가보니
작은 화분의 치자꽃이 집 안 가득
허기의 냄새를 풍기고 있었다

# 들여다보다

외출을 하고 돌아와 거실에서 홀딱
옷을 벗어던지고 거울에 몸을 비춰본다
누군가 하루의 때를 씻어내는지
어느 먼 위층에서 우리의 집을 관통하는
물소리가 들린다 줄줄거리며
위장을 적시며 흐르는 소리
그 소리를 듣고 있으면 헛배처럼
빵빵하게 눈도 부어올라
베란다 밖의 도시가 반쯤 물에 잠긴다
출렁거리는 눈을 매만지다
젖은 장면들을 한 장 두 장 꺼내어 읽고는
틀어놓은 수돗물에 생각 없이 버리는 것이다
몸을 씻어 말리는 이곳의 늦은 사람들처럼
손발과 얼굴의 때를 씻고 양치를 하고
샴푸로 머릿속까지 찰찰 잘도 헹군다
그러다 홀딱 벗은 몸이 부끄럽고 보기 흉해
얼른 찬물 한 바가지 끼얹었었더니

오랜만에 만난 친구가 씻겨 내려가고
밥은 먹었냐며 걱정하시는 어머니
목소리가 개수 구멍에서 들리는 것이다
늦은 밤 자신(自身)에 집중하는 동안
줄줄거리며 몸의 물이 새더니
거울 속의 몸이 납작해졌다 갑자기
아무것도 걸치지 않은 몸이 두렵다
얼마나 오래 여기에 머물 수 있을까

# 불치의 병

집을 옮기자 하늘이 단풍을 거느리고
계단도 없는 베란다를 넘어 들어왔다
아내는 아버지의 죽음을 나보다 더 슬퍼했지만
집을 옮기는 일에 더 열심이었다
집을 옮기고 공짜로 보는 일간신문과
함께 들어오는 광고 전단지를
아내는 잃어버린 보물을 찾듯 들여다보았다
어서 빨리 팔려야 할 물건들이 그때마다
집 안 구석구석 조금씩 쌓이기 시작했다
집에 있어도 다시 어디로 가야 할 사람처럼
양말을 신은 채로 그냥 잤다
꾸역꾸역 세끼 밥을 챙겨 먹었는데도
아버지를 보내고 자꾸만 몸이 축났다
입고 입던 바지가 헐렁해지고
걸을 때마다 헛돌던 양말은
반쯤 벗겨져 있기도 했다
아무 말도 하지 않았지만

이상하게도 쓰레기를 버릴 때마다
아내의 물건이 조금씩 빠져나가는 게 보였다
한 번도 간 적 없는 곳에서 연락이 오고
주소와 행적이 슬슬 사라지기 시작했다
누군가 우리 집을 훔쳐갈지 모른다고
이중으로 문을 잠그며 아내는 무서워했다
가슴에서 바람 소리가 난다고
숭숭 소리를 내며 새나가는 마음이 보인다고
아내는 밤마다 우는소리를 했지만
아침은 기어코 우리의 집을
조금씩 훔쳐가기 시작했다

# 마지막 초식동물

마지막까지 살아남은 초식동물은

더 이상 갈 데가 없어 무릎을 꿇고

긴 눈썹의 눈을 감았다

픽, 하는 소리와 함께 거푸집 같은 몸이 잠시 흔들렸다

더 흐릿한 건물의 외곽에서

마지막의 내부를 찬찬히 들여다보는 가로등

그 한정 없이 쏟아지는

인공의 불빛에 놀라 깼을 때

비를 맞은 아랫도리가 시멘트처럼 굳고 있었음을

알고서도 얼른 일어서지 못한

그곳이 끝이었다

결국에는 출발했던 곳으로 돌아오는

종점의 버스들, 나는

불빛에 붙잡혀 오도 가도 못하고

정지한 듯 움직이는 빗방울을

투명한 눈으로 한참이나 쳐다보았다

누군가 버리고 간 우산으로 비를 가리고

간판의 불빛이 터주는 희미한 곳으로 걸었다
벌써 길은 오랫동안 젖어서
불빛이 없는 먼 곳까지도
아득히 번득거렸다
길은 저렇게 혼미해서 구별이 없는데
섭생을 잊지 않고 오래 살아남은 동물은
제 길임을 알고 찾아오는 것일까
그들이 가지런하게 누워 침묵하고 있는
여기는 도대체 어디,

# 해변의 소파

파도와 함께 배경을 이루는 늙고 뭉툭한 소파
바닷가에는 아무것도 없었다
아침이 되어서야 모래가
파도의 거친 몸을 부드럽게 받아주는 것을 보았을 뿐
이다

모래는 제 몸 구석구석을 파고드는
파도의 진의를 모른 채
밀고 밀리는 헛것의 자동 행렬 끝에서
조금씩 단단해지고 있었다

누군가 아주 오랫동안 사용하다 버렸을
소파에 비스듬히 파묻혀
막무가내로 생을 부리는 풍경을 낯 뜨겁게 지켜본다
한참이나 소파를 데우다
천천히 자리를 물러서는 한낮의 저 햇볕처럼
모래 위를 걸었다

그러다 다시 돌아와 축축해진 소파에 몸을 눕히고는
너무 멀리 가버린 파도를
불순하게 상상하는 것이다

모래를 다시 바다의 중심으로 옮겨보려는 욕심

누군가에게 제 몸을 새겨두거나
아무나 힘껏 안아보는
파도와 모래가 보여준 고집스러운 자세를
오늘 아침 편안해진 소파에 누워 생각했다

# 저녁의 그네

집을 비우기로 한 날
방 한쪽이 조금씩 비어간다
가구와 집기들이 다른 쪽에 차곡차곡 쌓이고

탁자 위에 의자가 의자 위에 주전자가
그리고 늙은 가방이
힘없이 다른 것에 제 몸을 얹는
제 모두를 다 주고도
남는 것들

중심을 잡기 위해 끼워둔 종이뭉치를 치우자
책상이 흔들리고
몇 개의 동전과 편지 몇 통이 쏟아지고
방이 따라서 흔들거렸다

누군가 모르게
이 저녁의 그네를 미는 것이다

조용히 이삿짐 트럭이 멀리서 달려오고
물건과 함께 집이
위태롭게 제 몸을 트럭 위에 싣는다

집을 비우며
마지막처럼 힘껏
그네를 한 번 밀어주고는
그네의 흔들림을 끝까지 보고 서 있다

# 익숙해지는 법

꽃무늬 벽지 속에 갇혀 4시에서 8시까지
꽃술을 마시고 있었네
너무 오래 잔을 들고 있었던 걸까
나의 작은 손은 볼품없이 자꾸만 떨리는데
무슨 상관이야 있겠는가
겨울이란 추운 계절이므로

밖에서 누군가 느려빠진 유행가를 부르고 있나 보다
저렇게 조용히 노래를 부를 수 있다니
기다림이란 상대와 관계없이 조급하고
노래는 겨울이 되면 더 지루해지는 법이지
꿈도 꾸지 않았지만 지금 나는
이 방과 함께 취하는 중이므로

언제부터 나의 쥐색 외투는 흔들리고 있었던 것일까
반쯤 남아 있는 술잔을 비우면
겨울을 재촉하는 노래와

투명하게 거리를 쓰다듬고 있는
바람의 소리가 들리지


넓은 낯짝의 그를 물끄러미 쳐다보았지만
그를 알아볼 수는 없었네
주름지고 힘없어 보이는 그의 입술이
뭐라고 말을 했지만 들을 수도 없었네


이 방은 작고 지루하게 유행가는 들리고
그는 너무 크게 보이네
무슨 상관이야 있겠는가
지금 나는 취하는 중이고
겨울이란 여전히 추운 계절인데

# 복면의 계절

이웃집 사내가 잎을 땄다
동네에서 마지막 남은 잎이었다
그러자 나무들이 하나 둘씩 밀려오더니
골목을 만들었다
나무들이 한 줄로 서서 가등 행렬을 하는 것 같았다
나무들은 말이 없었으나
긴 가지로 서로를 위협했다

이맘때면 사람들은
남쪽 멀리 있는 친척들에게
초록잎을 부쳐달라고 편지를 했지만
소식은 없었다

사람들은 복면을 한 채
플라스틱 잎을 나무에 매달았고
저녁이 되면 동네를 걸어다녔다
누구누구 집에 떨어지지 않은 열매가 있나

감시하기 위해서라고
땅속에 머리를 처박은 잎들이 수군거렸다

멀리 혹은 가까이 있는 나무들이
마을의 것이 아님을 알았으나
바람은 아무 말도 하지 않았다
다음날 나무와 우리가 같은 색의 옷을 입고 다닌다는
소문이 돌았다

# 국외자(局外者) 1

그는 아주 멀리 떠나서 생을 마감했다고 전한다
해가 뜨지 않는 곳에서 그는 회벽처럼 말랐고
아무 곳이나 들러 물건을 훔쳤다고 씌어져 있다

가자 가자, 이곳만 아니라면
노래 같은 것 부르지 않고, 마음 같은 것 훔치지 않을
것이다

한적한 주점에서 노래가 흘러나오자
내내 어두웠던 2백 년의 골목이
흔들렸다

이 겨울을 보내면 그래서 또 한 시절을 건디면
오늘처럼 또 해가 뜨지 않아도
차가워진 술은 다 팔릴 것이다
그때서야 알아들을 수 있는 말로
편지라도 띄워봐야지

띄엄띄엄 내뱉는 말을 받아 적는다면
두고두고 부를 수 있는 노래가 될지도

노래는 소문처럼 녹이 슬어 들을 수 없었다
붉게 달아오른 해를 보고도
온몸의 뼈가 시렸다

# 국외자(局外者) 2

종탑에서 빛이 흘러넘치는 때면
나는 이런 말을 곧잘 노트에 쓰곤 했었다
부끄러워하라
부끄러워하라
너무 하얘진 얼굴과
여지없이 들이닥치는 방문과 위로마저

종탑은 낡았고 빛은 희미했다
사람들은 가벼운 신발을 신고 이곳을 떠났다

달콤한 사과처럼 익어가는 시간은
그대에게로 가는 엽서에도 있어서,
나는 또 이런 말을 기어코 찾아 지우기도 했는데
수상한 말들의 씨
들키기라도 할까봐 내내 불안했다

부끄러워라

부끄러워라

마음의 역병과 저 펄럭거리는

희고 누런 빨래들이

넘치는 하수구와 집집마다 솟은 굴뚝이


그리고 내다 버린 저 검은 비닐봉지들

수백 년 동안 이곳의 아이들이 그렇게 사라졌고

앞으로 부끄럼 없이 걸어갈 것이다

# 월요일에서 월요일까지

그러니까 월요일에서 월요일 사이에

우리는 수많은 나날을 가지고 있었지

나는 어떤 요일에도 정을 준 적이 없었지만

요일을 규정하고 있는 저 해와 달의 세계에서

방출된 지 오래된

별 하나의 꿈과 별 하나의 사랑

월요일에서 금요일까지 사람들은

붉은색 버스를 탔고

나는 늘 녹색 버스를 고집했네

환승이 안 되는 마을버스를 타고

월요일을 향해

그곳이 멀게 느껴지는 건 구름 탓이 아니었네

골목의 구멍가게에서도

소란한 은행에서도

모든 소식을 들을 수 있었지, 하지만

나는 늘 다른 사람의 의견을 존중했네

짝수 날에는 녹색 버스를 타고

홀수 날에는 그냥 걷기로 했지

아침에 들은 노래 가사가 생각나지 않아

낙엽이 떨어지는 목요일에는 멜로디를 흥얼거려도

차가운 내용은 입 안에서만 맴돌았네

전생을 홀라당 태워먹고도

자정이 넘도록 돌아다녔던

월요일에서 월요일 사이에

수요일은 눈부시게 흘렀다네

# 불찰에 관한 어떤 기록

1

지하의 정거장들은 알 수 없는 노선을 따라
순식간에 피었다 졌다
길을 잘못 들었을 때 색은 길을 알려주었다
모든 노선이 색으로 정의된다는 사실을 처음 배운 것
이다
레드, 화이트, 블루, 옐로우
색은 아주 옛날부터 방향이 정해져 있었다
허리에 두른 색을 보고 사람들을 사귀었고
같은 띠만 두르면 안심했다
녹색 의자가 집까지 바래다주었을 때
그것은 패스카드였다

2

걷기가 어려울 때마다 노선이 만들어지고
길은 오래된 색의 허물을 벗고 새 몸을 얻었다
길의 변신은 무죄라고

사람들은 아무렇지도 않게 말했다

시간에 쫓기거나 급할 때마다 모두들 색만 보고 뛰었다

색에 따라 노선도 바뀜을 모르지 않았으나

다다익선을 배운 건

집을 한참이나 지나친 뒤의 일이었다

어느 날 갈아타는 곳이 사라졌다

종착역이었다

아버지가 그랬다

그는 잘못 든 길을 끝까지 갔다

그러다 몸도 집도 다 잃었다

종착역에는 아무런 표식도 없었다


3

지하의 바깥으로 비가 내린다

나뭇잎들 어둠 속으로 소리 없이 떨어지고

비에 가려 사람들 보이지 않는다

정전(停電)의 순간에

모든 노선의 바깥이 어둠임을 배웠다

줄 서지 않고 갈 수 있는

거기엔 아직 노선이 없다

# 불안에 대한 감각의 해부학

고봉준(문학평론가)

　여태천의 시는 지극히 우울하고 통념적인 도시-세계에 대한 감각의 해부학이다. 이 감각의 한가운데에 '불안'이, '죄의식'이, 자리하고 있다. 그리하여 그의 시에선 쉴 새 없이 불안의 악취가 흘러나온다. 일반적으로 '불안'은 '죄'에 대한 심리적 기분과 관계된다. 그러나 여태천의 시에서 '불안'은 '죄'가 아니라 '죄의식'이라는 윤리적 태도에서, 나아가 타자와의 원초적인 단절감에서 기인한다. 19세기의 한 철학자는 이 불안의 교화에서 신앙의 구원을 확인했지만, 이미 귀의할 신성도, 신탁의 목소리도 상실해버린 현대인들에게는 오직 불안의 심연을 응시할 수 있는 고통스러운 자유만이 있을 뿐이다. 여태천의 시는 이 일상화된 도시적 삶의 불안을 '책/말(흔적)'

의 언어적 대립, '안/밖'의 공간적 단절감, 그리고 감정의 세계인 '집'과 몰감정의 세계인 '거리'의 대립을 통해 표현된다.

갈릴레이는 세계가 기하학의 언어로 씌어진 한 권의 책이라고 말했다. 갈릴레이에서 말라르메에 이르기까지, 세계는 한 권의 '책'에 비유되어왔다. 말라르메의 '책(Livre)'이 그렇듯이, 비유로서의 '책'은 세상의 모든 것을 요약하는 소우주이자 대문자 진리의 세계였다. 여태천의 『국외자들』에는 유독 '책'에 관한 시들이 많이 등장한다.「루시」의 화자가 읊조리는 "죽지 않은 꽃들은 쉬지 않고 빨리 자라/하늘의 별에 닿았지"라는 구절도 '책'에서 인용된 내용이며,「제목 없는 책」「책을 읽는 일」「면과 면 사이에 일어난 일」 등도 직접적으로 '책'을 소재로 하고 있다. 그러나 시는 '책'이라는 대문자 진리의 세계를 추종하지 않는다. 모리스 블랑쇼가 지적했듯이, 말라르메의 '책(Livre)'으로 상징되는 문학–책은 대문자 진리의 세계이기 때문에 위대한 것이 아니라, 역설적으로 총체성의 부재를 실현하기 때문에 위대하다. '책'은 총체성이라는 대문자 진리의 세계인 동시에, 그것으로 환원될 수 없는 감각적 진리의 세계이다. 여태천의 시에서 '책'은 전자에, '말'은 후자에 해당한다.

　　나는 지금 도시의 어두운 구릉에서

보이지 않는 머나먼 적색 별의 끝을 바라보네

너무 멀어 별의 말을 들을 수 없는

텅 빈 저 하늘을 가로지르는 비행선

꽁무니를 따라 인공의 구름이 흐르고

그 아래로 천천히 열을 지어 지나가는 사람들

끝없이 이어지며 바뀌는 표정들, 아이들, 우는

그 틈에서 나도 무릎을 펴고

한 번도 걸어본 적 없는 땅 위를 걷고 있을 거야


복숭아 향기 나는 오렌지색 이층버스를 타고

인공의 구릉과 호수를 건너

당신이 거닐었던 검은 땅으로

비행기, 버스, 밤하늘, 다이아몬드

내 입 안에서 굴러다니는 이 새로운 단어들의 감촉을

어떻게 전해줄 수 있을까

루시, 내 말을 듣지 못하는

—「루시」 부분


　화자는 '책'의 언어를 중얼거린다. 이성과 대문자 진리
로 씌어진 '책'에는 죽지 않은 꽃들이 자라나 하늘의 별
에 닿는 이야기가, 새끼를 낳는 해변의 나무와 죽은쥐나
무와 날카로운 발톱의 짐승들에 관한 이야기들이 등장한
다. 한 자씩 손으로 짚어가며 파악하는 책의 내용/진리는,
그러나 "있지도 않은 이름"을 읽는 일처럼 공허하고 음산

123

하다. 이러한 불안의 전조 위에 "도시의 어두운 구름"과 "보이지 않는 머나먼 적색 별의 끝" 사이의 절대적 거리로 암시되는 소통 불가능성이 자리 잡고 있다. 화자는 이 절대적 거리의 저편에서 들려오는, 혹은 들려오는 것처럼 느껴지는, '별의 말'을 듣지 못한다. 이 절대적 침묵의 공간으로 인공의 구름과 비행선이 지나가고, 그 아래로 사람들의 행렬이 이어진다. 그러나 320만 년이라는 상이한 시간을 살고 있는 '루시'와 '나'의 소통 불가능은 시·공간적 거리 때문일까? 여기에서 우리는 진리의 상징인 '책'과 구분되는 '단어'의 등장에 주목할 필요가 있다. "내 입 안에서 굴러다니는 이 새로운 단어들의 감촉을/어떻게 전해줄 수 있을까". '책'이 대문자 진리의 동일성을 의미한다면, 총체성의 부재를 실현하는 문학적 유희인 '말'은 동일성의 이면에서 차이를 생산한다. 감각의 진실성을 의미하는 '감촉'이 바로 그것이다. 로맹 롤랑은 "가장 위대한 책이란 종이테이프에 찍히는 전문처럼 두뇌에 새로운 지식이 박히는 것과 같은 책이 아니고, 생명이 넘치는 충격으로 다른 생을 눈뜨게 하고, 또 다른 생에서 생으로 여러 가지 정수(精髓)를 공급해주는 것"이라고 말했다. 시인은 이 '책'의 기능을 언어의 '감촉'에서 찾고 있다. 그러므로 화자가 '루시'에게 전달하려는 것은 결코 '의미'가 아니다. "복숭아 향기 나는 오렌지색 이층버스를 타고/인공의 구름과 호수를 건너/당신이 거닐었던 검은 땅"에 도착한 화자는 비행기, 버스, 밤하늘, 다이아몬드 등처럼 '루시'의 시간과는 전혀 다른 세계의 언어들이 내뿜는 '감촉'을 전해주려 한다. '감촉'이란, 결코 '책'이라는 진리로는 번역되거나 전달될 수 없는 '수상한 말들의 씨'(「국외자(局外者) 2」)이다.

'책'은 유일한 진리를 신봉하는 반면, '감촉'은 대문자 진리로 환원되지 않는 감각의 무한한 차이를 긍정한다. 그래서 '책'은 정서적 감응보다 차가운 이성을, 문학적 유희보다는 명확한 의미의 전달 가능성을 선호한다. 「제목 없는 책」에서 사야 할 책을 끝내 못 사고 집으로 돌아온 화자는 "몇 마디 부서지는 말을 그에게 건네고/몇 줄의 글"을 받아 적음으로써 자신의 내부에서 '욕망의 불빛'이 소멸하는 것을 경험한다. 그리고 '그'가 자리를 털고 일어섰을 때 비로소 "마음의 물이 다시 끓기 시작"한다. 「책을 읽는 일」에서 이 욕망의 사그라짐은 죽음의 그림자로 다가온다. 이 시에서 '책'은 도상학적 상상력에 근거하고 있다. 화자는 그 책-공간의 입구/출구에서 죽음의 그림자와 맞닥뜨린다. "이 길의 입구나 출구에서 파는 책에 적혀 있습니다". '큰 무덤의 주인'과 함께 죽은 처녀의 시퍼런 눈이 연출하는 길의 풍경은 '책'이 곧 거대한 죽음의 세계임을 암시한다. 시인이 "당신은 구체적으로 세상을 살았으니/이제 그 아버지의 이름으로/아버지를 지나 관념의/아버지에게로 가십시오"(「너무나 관념적인 사건」)라고 말할 때, 이 '관념의 세계'가 바로 '책'이다. 이 퇴락한 죽음의 세계를 지나면서 시인은 말한다.

"조심하세요 가까이에서 길을 안내하고 있는 것들은 끝에 가면 늘 딴소리를 한답니다"라고. '책'의 대문자 진리는 대부분 마지막, 즉 하나의 결론을 향해 나아간다. 그러므로 '책'의 끝이 '딴소리'를 한다는 것은, 책은 더 이상구원의 매개가 될 수 없음을 의미한다. 그렇다면 단어들의 '감촉'이 지니고 있는 구원은 어디에 있는가? 시인은말한다. "어디에나"라고. '감촉'에도 진리는 있다. 이른바우리가 시적 진리라고 말하는 것이 바로 그것이다. 시가세계의 재현적 진실에 근거하지 않듯이, 시적 진리 역시세계의 물리 법칙에 종속되지 않는다. 책의 진리와 세계의 진리와 시적 진리가 상이한 층위를 형성하듯이, 그 각각의 표출 양상 역시 다를 수밖에 없다. 책의 진리가 '문자'에 근거한다면, 시적 진리는 문자 이전이나 이후, 즉탈문자적인 것에 근거한다. 행과 행 사이에 기입되어 있으나, 결코 언표화될 수 없는 충만한 여백이 바로 그것이다. 그렇기 때문에 시에서 씌어진 것은 항상 씌어지지 않은 것보다 빈약할 수밖에 없다. 시인은 이 언표화될 수 없는 여백을 가리켜 "면과 면 사이에 일어난 일들은 여전히기록되지 않았다"(「면과 면 사이에 일어난 일」)라고 쓰고있다. 이처럼 '단어들의 감촉'을 통해 정서적 감응과 촉발을 지향하려는 여태천의 시적 욕망은 언어를 넘어서고있으며, 이 탈기표적 욕망이야말로 소통 불가능의 기원이라고 할 수 있다.

여태천의 시에서 '불안'은 일상적인 사건이다. 불안은 '늦은 전보'처럼 매일 찾아와 '집'으로 상징되는 일상의 세계에까지 긴 그림자를 드리운다. 이 일상적 불안감은 결국 '지금-이곳'으로부터 '방출'되었다는 소외감이나 타자와의 소통이 불가능하다는 단절감의 또 다른 표현이다. 이 소외감/단절감이 바로 국외자 의식의 기원이다. 시인은 이 국외자/외부자의 감각을 특정한 세계로부터 버림받았거나 그 세계에 안주할 수 없음이라는 형태로 드러낸다. 그는 스스로를 "요일을 규정하고 있는 저 해와 달의 세계"(「월요일에서 월요일까지」), "나를 받아주지 않는 거리"(「외도」)로부터 버림받은 존재라고 인식한다. 그러나 '국외자 의식'은 '국외자'라는 주체의 문제이자 국외자라는 '의식'의 문제이다. 특정한 공간에 유폐된 주체의 상황은, 그러므로 불안과 소외감/단절감에 시달리는 시인의 의식이 만들어낸 무의식의 드라마이다. 그의 시에서 국외자, 즉 불행한 의식을 소유한 주체의 위치가 '밖'이 아니라 '안'으로 설정되는 이유도 이 때문이다. 여태천의 시에서 불행한 의식의 드라마는, 결국 자신의 삶과는 화해할 수 없는 타자를 발견할 때, 아니 타자들의 삶과 융합할 수 없는 자신을 발견하거나, 주체와 타자의 삶이 무한한 평행선을 그리고 있음을 깨닫는 순간에 시작된다. 시인은 극복 불가능한 타자와의 간극을 「월요일에서 월요일까지」에서 '붉은색 버스'를 타는 사람들과 '녹색 버스'를 고집하는 '나'의 관계로 표현한다.

중년의 여자가
이쪽을 쳐다본다
플랫폼 뒤로 희미하게 그어진 선로가
흰색 테두리에 닿아 있다
이 안에서는 모든 게 단단하다

체제의 안과 밖을 드나드는 재빠른 몸놀림과
아주 잠시
그들이 보여주는 정지의 포즈
이럴 때 그들은 하늘에 꼼짝없이 붙어 있는 흰 구름이거나
얼굴의 주름마저 단단한 석고상이다

그들이 난장(亂場)에서 주고받는 말은
여기서 들리지 않는다
바깥의 소란을 단단하게 묶을수록
안쪽은 조용히 식어간다
　　　　　　　　　　―「체제 지향적인 얼굴」 전문


'불안'의 감각은 종종 공간적으로 암시된다. 「경야」의 '이곳'이나 「외도」의 '거리'가 그렇듯이, 단절감의 공간적 표현인 '국외'는 특정한 공간의 '바깥'에 한정되지 않는다. 그러므로 "가자 가자, 이곳만 아니라면"(「국외자(局外者) 1」)이라는 외침에서, 중요한 것은 '이곳'의 정체를

파악하는 일이다. 시인은 "그림의 안쪽/허물어지는 건 밖의 문제도/시간 때문도 아니다/안쪽에서 바람이 불고 있었다"(「마음은 왼쪽으로 흘러내린다」)에서처럼 국외자의 감각이 작동하는 위치를 '바깥'이 아니라 '안'으로 설정한다. 이때 '안'은 불안에 의해 침식된 화자의 내면이자, '체제'의 내부라는 정치적 의미를 갖는다. 「체제 지향적인 얼굴」에서 시인은 안-밖의 공간적 대립을 '흰색 테두리'로 상징되는 체제의 안과 밖으로 변주하고 있다. 안과 밖의 공간적 대립이 이러한 구도 위에서 조망될 때, '안'은 척도의 '안'이자 이성의 '안'이며, 나아가 통념적 사고의 내부를 가리킨다.

시인은, 지금, 플랫폼의 흰색 테두리를 경계로 안쪽에 위치하고 있다. 그는 열차나 지하철을 탑승한 상태에서 창문을 통해 바깥 풍경을 응시하고 있다. 열차의 바깥이 '난장'에 가까운 소음들의 세계인 반면, 열차의 내부는 그 모든 도시적 소음으로부터 철저하게 단절된 침묵의 공간이다. 우리의 일상적 경험이 말해주듯이, 지하철은 시선의 마주침마저 불편한 절대적 침묵과 고독의 세계이다. 우리는 그 고독과 침묵이 견디기 어려울 때마다 신문이나 책을 읽고 음악을 듣는다. 그 세계 내부에서 우리는 철저하게 자신이 혼자임을 경험한다. 시인은 이 고독한 존재의 경험을 "바깥의 소란을 단단하게 묶을수록/안쪽은 조용히 식어간다"라고 표현한다. 나아가 그는 이러한 도시적 경험을 통해 도시적 일상이 '감촉'의 친밀성을 잃었으며, 자본주의적 일상의 감각인 '불안'이 이 단독자의 경험에서 기원한다는 것을 보여준다. "방금 지나간 4725호 구름을 바라본다/저건 1시 45분이야"(「실종」)라는 구절처럼, 열차/지하철이라는 근대적 문명은 기호에 의해 지배되는 세계이다. 근대적 시간 체계가 처음 도입된 것 역시 열차 시간표에서였다. 열차 속에서 사람들은 "신문을 사서/퍼즐을 풀거나 내일의 날씨와 운세를 점치고/어제의 사건을 확인"하면서 시간을 죽인다. 시인은 바로 그 첨단의 문명 속에서 "이곳의 말을 알아듣지 못하는 나"(「5분 동안의 외출)를 발견한다. 그리하여 "가방을 가슴에 품고 허리를 구부리고 앉아 있던 사람"은 "내가 건네는 인사말도 구애의 짧은 신호도/알아듣지 못"(「실종」)하고, 시인 역시 "번개를 타고 지나가는/저곳의 말"을 알아듣지 못한다. 시인은 서로가 서로에게 '부재의 사태'(「치명적인 부재」)로 존재하는 이 상황을 '실종'과 '외출'이라고 명명한다.

그렇다면 이 실종 상태는 '바깥'의 세계로 탈출함으로써 극복될 수 있는 것일까? 즉, 여태천 시의 화자들이 일제히 전철/지하철에서 내려 열차의 바깥 세계로 나아가면 외출은, 실종은 끝나는 것일까? 「ROOM 504-거울나라」를 보자.

이 방에는 거울이 있는 그림이 있고. 무너져 내리는 그림
의 집에는 거울이 있다 거울은 언제나 안과 밖 사이에 있다

거울로 바람이 불어오고, 그림의 집에서 나누는 사람들의 이야기가 들린다 누군가 복도를 걸어다닐 때마다 느리게 음악이 흐르고

옆방에서 시끄러운 소리가 들리고, 3일째 계속 귀가 아프다 얼마 후 누군가 문 반대편에서 말했다 바깥이 궁금했으므로 창문을 열었다 커튼이 소리를 내며 요동쳤다 웅웅거리는 밖의 소리, 비가 왔다

복도에서 마주친 긴 머리의 그는 어서 떠나라는 말을 하고 사라졌다 나는 잠자코 짐을 쌌지만 출구를 몰랐다 허술한 창문을 비가 때리다 말다 계속했다 어딘가에 그는 아직도 있을 것이다 웅웅거리는 소리를 찾아서, 이 방 저 방을 들락거리며 누가 숨었는지 알아볼 것이다

옆방에 누가 숨어 있는지, 무슨 소리가 들리는지 아무도 의심하지 않는다 누구도 들어올 수 없을 뿐 처음부터 이 방엔 고독이란 없다 방을 나갈 때에는 거울을 감추고 그림을 지워야 한다 누군가 이 방을 훔쳐갈지도 모른다

—「ROOM 504-거울나라」전문

'전철'의 내부 공간은 '방'이라는 새로운 공간으로 바뀌었다. 그러나 시끄러운 바깥으로부터 철저히 유폐된 그곳은 전철의 내부와 별반 다르지 않다. 화자는 여전히

'안'의 세계에서 '바깥'과 단절되어 있다. 시인은 이 새로운 공간에 '거울'이라는 또 하나의 장치를 도입한다. 그러나 이 '거울'은 거울이 아니라 '거울이 있는 그림', 즉 그림 속의 거울이다. 거울은 그림인 동시에 거울이며, 거울인 동시에 그림인 셈이다. 흥미로운 점은, 이 그림-거울을 통해 바깥과의 소통이 이루어진다는 사실이다. 매끄러운 거울의 표면이 무한히 '안'의 세계만을 되비춘다면, 그림-거울은 '바람' '이야기' '음악'과 같은 소리를 통해 안과 바깥을 소통시킨다. 그리하여 안과 밖의 '경계'인 '거울' 속으로 바람이 불어오고, 사람들의 이야기가 들려온다. 이러한 소통에도 불구하고, 바깥에 대해 궁금증이 사라지지 않았음이 암시하듯이, 단절감은 해소되지 않는다. 화자는 소리나는 바깥이 궁금해 창문을 열지만 '출구'를 찾지는 못한다. 창문은 가시성의 비전을 제시하지만, 그것이 곧 바깥과의 온전한 소통이라고 말할 수는 없다. 도시적 삶의 공간인 아파트가 그렇듯이, 이 '방'의 바깥은 또 하나의 '방'일 수밖에 없다. 이 탈출이 불가능한 '방'의 세계에서 시인은 "삶 너머에서 풍기는/어제의 그 사람이 잊고 두고 간 흔적"(「냄새에 관하여」)을 찾기 위해 이 방 저 방을 들락거리지만, 그것은 "너무 멀리 가버린 파도를/불순하게 상상하는 것이다//모래를 다시 바다의 중심으로 옮겨보려는 욕심(「해변의 소파」)처럼 불가능하다.

집을 옮기자 하늘이 단풍을 거느리고
계단도 없는 베란다를 넘어 들어왔다
아내는 아버지의 죽음을 나보다 더 슬퍼했지만
집을 옮기는 일에 더 열심이었다
집을 옮기고 공짜로 보는 일간신문과
함께 들어오는 광고 전단지를
아내는 잃어버린 보물을 찾듯 들여다보았다
어서 빨리 팔려야 할 물건들이 그때마다
집 안 구석구석 조금씩 쌓이기 시작했다
집에 있어도 다시 어디로 가야 할 사람처럼
양말을 신은 채로 그냥 잤다
꾸역꾸역 세끼 밥을 챙겨 먹었는데도
아버지를 보내고 자꾸만 몸이 축났다
입고 있던 바지가 헐렁해지고
걸을 때마다 헛돌던 양말은
반쯤 벗겨져 있기도 했다
아무 말도 하지 않았지만
이상하게도 쓰레기를 버릴 때마다
아내의 물건이 조금씩 빠져나가는 게 보였다
한 번도 간 적 없는 곳에서 연락이 오고
주소와 행적이 슬슬 사라지기 시작했다
누군가 우리 집을 훔쳐갈지 모른다고
이중으로 문을 잠그며 아내는 무서워했다
가슴에서 바람 소리가 난다고

숭숭 소리를 내며 새나가는 마음이 보인다고
아내는 밤마다 우는소리를 했지만
아침은 기어코 우리의 집을
조금씩 훔쳐가기 시작했다

　　　　　　　　　　　―「불치의 병」 전문

　여태천의 시에서 '집'은 두려움과 죄의식의 공간이다.
집은, 이미 사라지고 없는 "어제의 그 사람이 잊고 두고
간 흔적"(「냄새에 관하여」)들을 간직하고 있는 혼종의 세
계이다. 그리하여 시인은 새로 옮긴 집에서 '오랜만에 만
난 친구'와 '어머니'의 목소리를 듣는다. 타자들의 목소
리들은 현재적 삶을 긍정할 수 없는 시인의 내면이 만들
어낸 윤리적 환영들이다. 이 죄의식의 밑바닥에 '아버지
의 죽음'이라는 사건이 놓여 있다. 시집의 3·4부에 집중
되어 있는 죽음―「너무나 관념적인 사건」「냄새에 관하
여」「불명확한 사실에 관한 기록」「불찰에 관한 어떤 기
록」「불치의 병」―의 이미지는 일차적으로 '아버지의 죽
음'이라는 가족사에서 기원한다. 그러나 시인은 "그는 아
주 멀리 떠나서 생을 마감했다고 전한다"(「국외자(局外
者) 1」)에서 암시되듯이, 아버지의, 국외자들의 죽음에서
자신의 운명을 예감한다. '집'이 "출렁거리는 눈"(「들여
다보다」)으로 상징되는 감정의 세계라면, '거리'는 "감정
의 밑바닥까지/까맣게 태워버"(「외도」)리는 '포스트센티
멘털'의 세계이다. 여태천 시의 화자가 '거리'의 삶을 선

호하는 까닭도 이 때문이다. 그는 "늦은 밤 자신(自身)에 집중하는 동안/줄줄거리며 몸의 물이 새더니/거울 속의 몸이 납작해졌다 갑자기/아무것도 걸치지 않은 몸이 두렵다/얼마나 오래 여기에 머물 수 있을까"(「들여다보다」)처럼 '집'을 두려움과 죄책감의 공간으로 인식한다.

인용시에서 아내는 '아버지의 죽음' 보다 '집을 옮기는 일' 에 더 열심"이다. 아내는 '잃어버린 보물' 을 찾듯 광고 전단지를 들여다보고, 그때마다 전단지 속의 물건들이 집 안 구석구석에 쌓이기 시작한다. 아버지의 흔적을 밀어내는 아내의 속물성에서 시인은 모종의 두려움을 느낀다. "아무렇게 밥일이나 버리고 다녔을 나보다/아내가 더 끈적끈적해질까 두렵다"(「가계(家系) 밖에 있는 사람」). 그리고 이 두려움은 죄의식/죄책감을 거쳐 부끄러움으로 확장된다. "집에 있어도 다시 어디로 가야 할 사람처럼/양말을 신은 채로 그냥 잤다"는 이 부끄러움과 죄의식의 극단적 표현이다. 죄의식을 떨쳐버리지 않는 한 '집' 은 '집' 으로 경험하지 않는다. 그는 집을 '거주' 의 공간이 아니라 "얼마나 오래 여기에 머물 수 있을까"(「들여다보다」)에서처럼 임시적인 체류의 공간으로 인식한다. 그러므로 "나를 받아주지 않는 거리에서"(「외도」)의 삶을 의미하는 '외도' 는 일종의 탈출 행위인 셈이다. 시인은 감정의 밑바닥까지 모두 태워버리는 '포스트센티멘털' 한 '길' 의 세계에서 죄의식과 부끄러움을 보상받으려 한다. 그러나 "한 10년 정신없이 그러고 살았다 싶었는데

/베란다에 들이치는 빗소리에 잠을 깼을 때"(「외도」)에서처럼, '거리'로의 탈출은 한갓 '꿈'에 그치고 만다. 이처럼 여태천의 시에서 일상적 불안과 죄의식에는 탈출구가 없다. '책'의 진리로 환원되지 않는 단어의 '감촉'은 전달될 수 없고, '방'의 바깥은 또 하나의 방에 불과하며, '거리'로의 탈출은 다만 꿈에 불과하다는 이 치명적인 암울함이 그의 시가 보여주는 불안의 정체들이다. 외부 세계와의 소통을 상징하는 내면의 '창문'은 여전히 캄캄한 어둠으로 물들어 있다.